Ce livre appartient à

. . . .

On me l'a offert le . . . .

. . . .

à l'occasion de . . . .

. . . .

Merci à . . . .

. . . .

Gouvernement du Québec - Programme de crédit d'impôt pour l'édition de livres - Gestion SODEC

Le Conseil des Arts du Canada | The Canada Council
du Canada | for the Arts

Nous remercions le Conseil des Arts du Canada de l'aide accordée à notre programme de publication.

Nous reconnaissons l'aide financière du gouvernement du Canada par l'entremise du Programme d'aide au développement de l'industrie de l'édition (PADIÉ) pour nos activités d'édition.

LUC DUROCHER

La Manie

de maman

Éditions de la Paix

© **2004 Éditions de la Paix**

Dépôt légal 1er trimestre 2004
Bibliothèque nationale du Québec
Bibliothèque nationale du Canada

Imprimé au Canada

Illustration Romi Caron
Graphisme Vincent Gagnon
Révision Jacques Archambault

Éditions de la Paix
127, rue Lussier
Saint-Alphonse-de-Granby
Québec J0E 2A0
Téléphone et télécopieur **(450) 375-4765**
Courriel **info@editpaix.qc.ca**
Site WEB **http://www.editpaix.qc.ca**

Données de catalogage avant publication (Canada)

Durocher, Luc, 1954

    La manie de maman

    (Dès 6 ans ; 36)
    Comprend un index.

    ISBN 2-922565-97-1

    I. Caron, Romi. II. Titre.
III. Collection: Dès 6 ans ; 36

    PS8557.U76M36 2004   jC843'.6   C2004-940236-6
    PS9557.U76M36 2004

Luc Durocher

La Manie

de maman

Illustration Romi Caron

Collection *Dès 6 ans*, no 36

Éditions de la Paix

pour la beauté des mots et des différences

Du même auteur

Un Chien pour Tanya
Éditions de la PAIX

La Manie de maman
Éditions de la PAIX

L'école, c'est fou, fou, fou !
Éditions BANJO

Tout pour plaire à ma mère
Éditions BANJO

Finales en patins
dans Nouvelles du sport,
Éditions VENTS D'OUEST
Etc.

À

FRANCINE PELLETIER

pour sa complicité littéraire

ROMI CARON, illustratrice

Je suis née en République tchèque dans une famille où tout le monde dessinait. Ma mère enseignait l'art et avait l'habitude de faire des croquis de mon frère et de moi. Ces albums nous tiennent lieu maintenant d'album de photos.

Quant à mon père, architecte, il nous tenait toujours occupés à réparer le ciment, à labourer, à peindre, etc. Ma seule façon de m'en tirer était de m'affairer à dessiner dès que je rentrais de l'école.

À 14 ans, j'ai été admise à l'École des arts, et à 18 ans, à l'Université des Beaux-Arts de Prague où j'étais la plus jeune.

À 21 ans, j'ai rencontré un Canadien en Norvège... et depuis, je fais des illustrations pour la publicité, les livres et les magazines. Mais surtout... des croquis de nos trois fils, Samuel, Jonathan et Ian.

- 1 -

UN PROBLÈME QUI NE LAISSE PAS FROID

BRRR !!! -35^0 C et je suis encore dehors à promener la chienne. Je commence à en avoir ras le pompon ! BRRR !!!

GRRR !!! Des fois, ma mère, je la changerais. Surtout quand c'est moi qui dois prendre ses responsabilités. BRRR !!! GRRR !!! C'est pas elle qui sortirait par un froid pareil.

Elle n'a même pas pensé que je pourrais me transformer en iceberg. Et un iceberg qui dégèle dans une maison, ça fait des dégâts.

Pourtant, je m'étais toujours bien entendu avec ma mère. Mais depuis quelques mois, notre vie a changé. Autant que si j'étais parti vivre sur une autre planète ou autant que si tous les enseignants arrêtaient de donner des devoirs.

Ma mère a développé une mauvaise habitude. Là, j'ai pensé : *Il va falloir que je trouve une solution beaucoup plus vite*

que dans mon cours de mathé-
matiques.

BRRR !!! Qui a dit que c'était un temps à ne pas mettre un chien dehors ? J'aurais aimé que mon pitou entende ça avant de demander la porte.

Et dire que tout a commencé par une simple invitation à aller manger de la pizza.

- 2 -

PIZZ...ANIMALERIE

Le lendemain de mes huit ans, mes parents ont divorcé. Mon père est allé vivre dans un autre pays. J'avais l'air aussi triste qu'une piscine sans eau par une chaude journée d'été.

Maman m'a appris que je reverrais rarement mon père. J'ai tellement pleuré que ma mère m'a dit qu'elle avait peur que j'inonde la maison.

Elle m'a donné plein de bisous en
me disant que j'étais maintenant
l'homme de la maison. J'ai eu
tout un contrat ! D'autant que je
ne savais pas ce qui m'attendait.

Pour me consoler, ma mère m'a invité à aller manger de la pizza et à boire de la *rootbeer*. Je n'ai pas osé la reprendre pour lui dire que le nom français était « racinette ».

Je pense que maman aime le mot *beer*, ça fait plus adulte, et puisque je devenais son homme...

Depuis que je sais ce qui a suivi ce repas, je demande à tous mes amis forts en sciences de me fabriquer une machine à re-monter le temps.

Le repas avait pourtant été bien agréable, mais en sortant de la pizzeria, maman m'a fait remarquer la nouvelle animalerie juste à côté. Moi qui avais toujours cru que c'était les enfants qui traînaient les parents dans les animaleries... J'ai eu la preuve du contraire. C'est à partir de cette visite que mes problèmes ont commencé.

3

SAUCISSE

À NE PAS CONSOMMER

Elle nous regardait avec de grands yeux qui avaient l'air de pleurer. De beaux yeux de chiot.

Elle avait une drôle de forme. Un corps aussi long qu'une journée sans bonbons. Et les pattes ! Ne pas avoir su que ces pattes appartenaient à un chien, j'aurais pensé que c'étaient celles d'un monstre.

J'ai été surpris quand ma mère est allée chercher un vendeur afin de s'informer du prix du chien-saucisse. Le vendeur nous a dit que c'était un teckel. Heureusement que mon prof n'avait pas donné ce mot-là dans la dictée de la semaine.

Nous sommes revenus à la maison avec la chienne et tout ce qu'il fallait pour la nourrir, la coucher, la promener, la faire jouer. Les explications du vendeur m'ont semblé compliquées. Je me demandais si ma mère se souviendrait de tout. Je lui ai rappelé qu'un chien, c'était beaucoup de responsabilités, comme je l'avais souvent entendu dire par mes amis qui en avaient un.

Dans la voiture, ma mère m'a demandé de trouver un nom pour ce pitou. Moi, avec de la saucisse, je mange toujours de la choucroute. J'ai donc décidé de l'appeler Choukroute, avec un *k*. Même si elle était mangeable, on n'avait pas du tout l'intention de la manger.

4

PAS UN CADEAU

— Apporte le rouleau de papier essuie-tout de la salle de bains. Choukroute vient de nous faire un petit cadeau sur le plancher.

— J'arrive. Tiens, les essuie-tout.

— Mon chou, je suis occupée à faire de la sauce à spaghetti. Tu serais gentil de ramasser le pipi de Choukroute. Juste pour une fois ! S'il te plaît. Profites-en pour

lui montrer où est le papier sur lequel elle peut faire ses besoins.

Eh bien !, ce n'était proba-blement pas la meilleure chose que j'aie faite d'avoir écouté ma mère. Comme par hasard, les autres fois, c'était toujours moi qui étais libre pour ramasser les charmants dégâts de la chienne. Ce n'était pas un cadeau !

Maman était toujours aussi occupée qu'un médecin dans une salle des urgences. Une chance qu'après deux mois, notre teckel, — je devrais plutôt dire le mien —, savait où aller quand on ne l'avait pas encore sorti pour faire ses besoins. Toutes les fois où

Choukroute allait se soulager sur son papier, on lui donnait un biscuit. Gourmande comme elle est, elle a vite compris. Elle aime beaucoup, beaucoup les biscuits. Encore plus que moi, on dirait.

-5-

UNE MÈRE QUI NAVIGUE ET QUI MONTE DES BATEAUX

Comme j'en ai ramassé des petits dégâts ! Mais, ça, c'est rien. Il y avait bien plus. Un chien, il faut lui faire faire de l'exercice.

Évidemment, en revenant du travail, ma mère se déclarait trop fatiguée pour promener notre pitou. Elle disait qu'on pourrait attendre au lendemain. Moi, je n'étais pas d'accord, je sais qu'un chien doit marcher pour rester en

forme. Et si on le sort, cela fait moins de pipis et de cacas à ramasser dans la maison.

Donc, presque tous les jours, je me promenais avec Choukroute. C'est probablement pour cela qu'elle m'aime tant. Aujourd'hui, je sais ce que ça veut dire, *suivre comme un chien de poche.*

Quand ma mère avait l'air moins fatiguée en revenant du travail, je me disais que j'allais avoir enfin une journée de congé de promenade avec ma chienne. Je me trompais.

D'autant que maman venait d'acheter un ordinateur portable et qu'elle était reliée à Internet. Pendant qu'elle naviguait, j'avais l'impression qu'on venait de me monter tout un bateau.

Ce n'est pas compliqué, quand elle navigue, on dirait que plus rien n'existe. Pas de Choukroute. Pas de petit garçon. Il fallait même que je pense à préparer le souper, car ma mère oubliait l'heure. Quant à la voir naviguer, j'aurais mieux aimé que nous partions en vacances sur un vrai bateau. Mais ce n'était pas fini.

6

UN AUTRE A...CHAT

— Mon chou, habille-toi, on va à l'animalerie acheter de la nourriture pour Choukroute.

— Donne-moi cinq minutes, je suis encore en pyjama.

Quand ma mère m'appelle, mon chou, ce n'est jamais bon signe. Elle a toujours une idée de derrière la tête et elle devient aussi têtue que lorsque je refuse de prendre mon bain ou d'aller me coucher.

Une fois au magasin, j'ai compris. À l'entrée de ce que ma mère appelait sa boutique d'animaux préférée, les vendeurs avaient placé une grande cage. Pleine de chats ! Les blancs à poils longs étaient super beaux. Ma mère a craqué.

Elle ne m'a même pas demandé mon avis. Elle était aussi énervée et excitée que moi quand je déballe mes cadeaux à Noël.

Tellement énervée et excitée qu'il a même fallu que je lui rappelle l'achat de nourriture pour notre chien-saucisse.

Elle a baptisé un chat d'un drôle de nom, Sakapus . J'étais content et surtout soulagé de savoir que les chats sont des animaux plus indépendants que les chiens.

Outre qu'il n'est pas nécessaire de les promener. J'ai trouvé encore plus formidable d'apprendre de la bouche de maman que les chats font leurs besoins dans une litière.

Par contre, j'ai vite compris qu'une litière, il faut la nettoyer régulièrement. Ma mère l'a nettoyée deux fois. Le reste du temps, c'est moi qui étais désigné pour le faire. Parfois, j'attendais un bon moment pour voir si maman finirait par s'en occuper.

Le problème, c'est que je suis très sensible aux mauvaises odeurs. Maman s'en est vite aperçue et elle a profité de la situation.

En moins de quelques semaines, je devais m'occuper d'un chien et d'un chat. Un vrai *chât-iment*, surtout que cela me donnait peu de temps pour préparer mes examens de fin d'étape.

7

UN ENFANT QUI N'EST PAS AUX OISEAUX

Après un chien et un chat, je commençais à être allergique aux visites à l'animalerie. J'espérais que ma mère deviendrait plus raisonnable, mais j'en doutais de plus en plus.

La prochaine fois, ce serait quel animal ? Des poissons ? Un aquarium à nettoyer ! Un lapin ? Des meubles rongés et des

crottes à ramasser ! Une taren-
tule ? Aïe !

Et si maman décidait d'acheter
des animaux plus gros ? Un
éléphant ? J'espère que je me
trompe. Une girafe ? Pour être
dans le coup. Un gorille ? Pour
faire concurrence à mes singeries
et à mes grimaces quand on me
force à manger du yogourt
nature.

Eh bien non !, aucun de ces
animaux n'a été acheté. Mais en
quelques semaines, je n'en étais
pas à un, deux, mais bien cinq
animaux.

J'ai essayé d'empêcher maman d'aller à l'animalerie. C'était comme demander au soleil de ne plus se lever. Nous avons donc eu trois oiseaux. De petits perroquets, des inséparables. Je les appellerais plutôt des séparables, car il a fallu acheter trois cages pour les placer. Si on les laissait ensemble, ils essayaient de s'entre-tuer.

Le vendeur a dit que c'était parce qu'ils étaient apprivoisés et qu'il valait mieux les isoler.

Encore une chance que Choukroute et Sakapus ne couraient pas après quand les oiseaux volaient librement dans la maison.

Je devais donc m'occuper de Choukroute, de Sakapus, et bien entendu, du nettoyage des trois cages. Je sentais qu'avec tous ces animaux, on me volait du temps pour jouer.

Un jour, en nettoyant les cages, j'ai eu une idée que je croyais pas mal du tout. Mais je me suis rendu compte qu'il fallait que je trouve une autre façon de résoudre mon problème.

8

UN RENARD RUSÉ

Je voulais d'abord faire croire que j'étais malade. Ainsi, je pourrais rester couché à la maison. Comme je serais obligé de garder le lit, je n'aurais pas à m'occuper des animaux. Ma mère devrait se décider à prendre soin des bêtes et de son petit garçon. Mais mon plan avait un hic.

Je me suis mis à penser aux remèdes que maman me fait toujours avaler quand je manque l'école pour cause de maladie. Parfois, j'ai même droit à des piqûres, et j'ai peur des seringues. Ma mère rit en disant que ça met du piquant dans la vie. Il fallait vite changer de plan et j'ai trouvé le bon en allant à l'animalerie !

Un jour, maman qui aime tant les animaux était trop occupée (quelle surprise !) pour aller acheter la nourriture, j'y suis allé tout seul. J'ai commencé à parler avec le vendeur. Je connaissais maintenant son nom, monsieur Renard. Il me connaît bien, car nous sommes devenus de bons clients.

Nous avons bavardé. Je lui ai parlé de ma mère, de moi et surtout de moi, avec les animaux.

Il a trouvé que j'avais l'air fatigué. Je lui ai vite expliqué pourquoi. Il s'en doutait déjà. Il m'a même dit savoir sans doute la raison pour laquelle ma mère achetait beaucoup d'animaux. D'après lui, depuis le divorce, ma mère s'ennuyait, elle avait besoin d'un homme pour la distraire.

— Vous savez, monsieur Renard, que ma mère crie tout le temps que la prochaine fois, elle fera sa difficile pour choisir son nouveau copain.

— Laisse-moi faire. On va lui laisser plusieurs choix. Il faut seulement que je parle à mon patron. Si ça marche, tu vas m'aider, et n'oublie pas qu'un monsieur Renard, c'est très rusé !

9

UN PLAN AU POIL

Une semaine plus tard, les employés de l'animalerie avaient envoyé une grande publicité. Un solde avec de superbes remises, mais seulement pour les meilleurs clients.

Moi, je savais bien que ma mère allait être la seule à recevoir la publicité. Le vendeur m'avait fait part de sa stratégie. Tout ce que j'avais à faire pour l'aider, c'était

de convaincre ma mère d'y aller.
C'était plutôt facile.

Quand maman est arrivée dans l'animalerie, elle a eu toute une surprise ! Il n'y avait plus un seul animal en magasin, mais pourtant toutes les cages étaient occupées. Disons qu'elles étaient remplies par des bipèdes appartenant à l'espèce humaine mâle.

Monsieur Renard avait demandé à ses amis qui cherchaient des compagnes de bien vouloir participer à son plan. Ils ont trouvé l'idée très drôle et ont accepté de se laisser enfermer dans les grandes cages. Moi, je les avais prévenus de l'heure à laquelle je serais là avec ma mère.

Dès qu'elle a franchi la porte du commerce, ma mère a été extrêmement surprise. Puis elle a beaucoup ri en lisant les pancartes placées sur les cages. Monsieur Renard y avait inscrit l'âge de chacun, son métier et plein d'autres détails.

-10-

COMME UN COQ EN PÂTE

Aujourd'hui, je me sens comme coq en pâte. J'ai maintenant trois grands-mères et trois grands-pères pour me gâter. Lors du solde bidon, maman a choisi celui qui avait déjà travaillé dans une animalerie. Exactement celui que j'aurais choisi. On se demande bien pourquoi...

Au début, il s'occupait même de tous les animaux sans me demander mon aide. Puis j'ai commencé à m'ennuyer de ne plus jouer avec Choukroute et Sakapus. Les oiseaux continuaient à venir se poser sur mes épaules.

Alors, je partage maintenant les tâches avec mon nouveau papa. Au moins, je ne me sens plus obligé. En outre, j'ai beaucoup plus de temps pour participer à d'autres activités.

Enfin, ma mère passe beaucoup moins de temps à clavarder dans Internet. Nous avons souvent l'occasion d'aller manger de la pizza et de boire de la racinette. Mais quand nous sortons du restaurant, ma mère ne parle plus de visiter l'animalerie.

Je pense qu'elle est trop embarrassée pour y retourner. Après tout, il ne doit pas y avoir beaucoup de femmes qui ont trouvé leur amoureux dans une cage.

TABLE DES MATIÈRES

Des livres pour toi

aux Éditions de la Paix Inc.

127, rue Lussier, Saint-Alphonse-de-Granby,
Québec J0E 2A0

Téléphone et télécopieur (450) 375-4765

info@editpaix.qc.ca   **www.editpaix.qc.ca**

Collection DÈS 6 ANS

C. Claire Mallet
   Le Trésor de Cornaline
Danielle Malenfant
   Jean-Vert est à l'envers
Luc Durocher
   La Manie de maman
Huguette Ducharme
   Une Enquête très spéciale
Vicki Milot
   Archimède veut flotter
Nancy McGee
   La Roche
Hélène Grégoire
   Richard, Dollard et Picasso